LES FUNÉRAILLES

DU

Général Foy,

DÉPUTÉ.

Ode

Par Louis Belmontet,

AUTEUR DES TRISTES.

A PARIS,

CHEZ PONTHIEU, LIBRAIRE,

PALAIS-ROYAL.

1825.

LES FUNÉRAILLES

DU

GÉNÉRAL FOY,

Député

PARIS, IMPRIMERIE DE GAULTIER-LAGUIONIE, HÔTEL DES FERMES.

LES FUNÉRAILLES

DU

GÉNÉRAL FOY,

DÉPUTÉ.

Ode

Par Louis Belmontet,

AUTEUR DES TRISTES.

A PARIS,

CHEZ PONTHIEU, LIBRAIRE,

PALAIS-ROYAL.

1825.

Que l'homme dise ce qu'il est sans la gloire !
La tombe répondra.

I.

Un triomphe a paru comme aux fêtes de Rome,
Mais sous les pompes du malheur :
Cent mille citoyens au tombeau d'un grand homme
L'ont salué de leur douleur.
Tous les Représentants de nos gloires vivantes
Escortaient de leurs pleurs ses cendres triomphantes ;
Mais ils pleuraient avec orgueil :
Et, portant cette perte en sa pâleur écrite,
Le Peuple, comme un bien dont la Patrie hérite,
S'est emparé de son cercueil.

II.

On le voyait flotter sur trois cents têtes nues;

C'était le pavois de la mort;

Et les torrents glacés qui descendaient des nues

Semblaient descendre avec remord.

A travers les respects ces pieuses reliques

Des louanges du cœur et des larmes publiques

En passant recueillaient l'adieu :

Et la Patrie en deuil qui paraissait plus grande

Semblait, mère voilée, accompagner l'offrande

Que la gloire envoyait à Dieu.

III.

La France couronna les cendres de Voltaire
   Des honneurs d'un grand souvenir,
Car envers ses héros un peuple est tributaire,
   Quand ils s'en vont dans l'avenir.
Ainsi la République au char de sa fortune
Éleva comme un Dieu l'aigle de la tribune;
   Un temple attendait Mirabeau :
Aujourd'hui comme alors un autre aigle s'envole...
Ainsi que Scipion montait au Capitole,
   Ils sont montés à leur tombeau.

IV.

Tous les rangs inclinés sur la tombe nouvelle
    Ont proclamé le mort vainqueur :
C'est par de tels tributs qu'un grand peuple révèle
    Ce qu'il a de grand dans le cœur.
Aux lueurs des flambeaux qui chassaient les ténèbres,
D'illustres voix du peuple en éloges funèbres
    Consolaient la foule à genoux :
Et quand n'a plus fumé leur encens légitime,
La foule s'écriait : Honneur à la victime!
    Honneur! ses enfants sont à nous.

V.

La liberté moderne est presque à sa naissance :

    Ce fruit n'a jamais avorté;

Mais ce n'est pas le sang, c'est la reconnaissance

    Qui fait germer la Liberté.

Quel est donc ce héros que célèbrent nos larmes?

Il est sorti sans tache, et libre avec ses armes,

    Des grandeurs de Napoléon.

Son nom qui s'est inscrit dans nos champs de victoire,

Du haut de la tribune a volé dans l'Histoire,

    Cet immobile Panthéon.

VI.

Quels exploits ont servi de cortége à son ombre

    Que l'enthousiasme applaudit?

Ce n'est pas l'étendue et moins encor le nombre,

    C'est la vertu qui les grandit.

Lorsque, lion terrible avec sa renommée,

Le Peuple s'élança contre l'Europe armée,

    Pour la conquête de ses droits,

Ce sublime torrent qu'une tempête enfante

Déborde, et dans ses bonds fait trembler d'épouvante

    Le diadême au front des Rois.

VII.

Pour graver sur son corps les preuves les plus sûres

    De sa haine pour l'Étranger,

Foy partout se présente aux premières blessures,

    Et partout au dernier danger.

Donnant sa part de sang, pur d'un lâche égoïsme,

Son bras dans nos succès prend sa part d'héroïsme,

    Jusqu'à l'heure de leur déclin....

Avant que nos lauriers aient fait pencher nos têtes,

L'Europe aura marché sous l'arc de nos conquêtes

    Des Pyramides au Kremlin.

VIII.

La Liberté sans guide en un sanglant orage
    Vogue sur des flots en fureur;
Et ce vaisseau flottant par un brillant naufrage
    Se brise sur un Empereur.
Fils de la République, assassin de sa mère,
Il a campé dix ans sur un trône éphémère
    Dont la base était l'univers.
Louis, Roi-philosophe, armé d'un pacte illustre,
Pour rajeunir son sceptre invente un nouveau lustre;
    Sa Charte a vaincu nos revers.

IX.

La Paix les foule aux pieds, la France se relève
    Et se repose dans ses lois.
La Grande-Armée abdique, et dépose le glaive
    Usé par d'immortels exploits.
La Tribune s'allie au trône de nos princes;
Déjà par Députés les Voix de nos provinces
    Y viennent plaider leur bonheur.
Là portant les débris de son corps en souffrance
Foy s'y vient immoler pour la nouvelle France
    Dont il représente l'honneur.

X.

La Tribune est un camp, où changeant de victoire,
    Son génie est son bouclier.
Si quelque bouche esclave insultait notre gloire,
    Il en était le Chevalier.
Tout ce que sa valeur aux combats eut de flamme,
Tout le feu des vertus qui lui consumaient l'ame,
    En lui rayonnaient à la fois.
Sa guerre d'orateur fit tressaillir nos villes,
Et quand il défendait nos libertés civiles,
    Son épée était dans sa voix.

XI.

Voyez-vous sur son front un cœur sans imposture,

Et sa foudre dans son regard?

Il tenait à la fois dans sa double nature

De Démosthène et de Bayard.

Son éloquence éclate en rapides merveilles?....

Mais hélas! il tarit, au flambeau de ses veilles,

Le sang qui restait des combats.

Il meurt!... Est-ce mourir ? La France désolée,

Sa couronne à la main, lui dresse un mausolée

Où la mort seule n'entre pas.

XII.

La France, dont la gloire est une idolâtrie,

    Se pare de ses actions :

Car de ce beau soleil que l'on nomme Patrie,

    Les citoyens sont les rayons.

De ceux qui ne sont plus la gloire nous console.

Tel le beau nom de Foy ceint de son auréole

    Prend son rang dans les noms fameux.

Le souvenir se lève alors que l'homme tombe :

Que de Rois sont passés du trône dans la tombe

    Dont les noms sont passés comme eux !

www.ingramcontent.com/pod-product-compliance
Lightning Source LLC
Chambersburg PA
CBHW061411170626
46811CB00005B/1955

* 9 7 8 2 0 1 9 5 4 7 6 1 5 *